SATÍRICON

PETRÔNIO

LIVRO I

Tradução do original latino
CALÉU MORAES

Copyright © 2021 Caléu Moraes

Editor
Rodrigo de Faria e Silva

Revisão
Danielle Mendes Sales

Projeto gráfico
Estudio Castellani

Diagramação
Estúdio Castellani

Capa
Caleu e J.R. Penteado

Imagem da Capa
Bonequinhos made in China

Dados Internacionais de Catalogação na Publicação (CIP)

Petrônio
Satíricon – Livro I / Petrônio, – São Paulo: Faria e Silva Editora, 2021.
88 p. – Outros escritos (Tradução Caléu Moraes)

ISBN 978-65-89573-37-1

1. Literatura latina (Latim)

CDD 870

FARIA E SILVA Editora
Rua Oliveira Dias, 330 | Cj. 31 | Jardim Paulista
São Paulo | SP | CEP 01433-030
contato@fariaesilva.com.br
www.fariaesilva.com.br

SATÍRICON

LIVRO I

SUMÁRIO

Nota do editor 7

História deste *Satíricon* 9

Sobre esta edição 13

***SATÍRICON* (LIVRO I)** 15

    1. Gitão 17

    2. Fúrio e Júnio 25

    3. O lobisomem 31

    4. Júlia 37

    5. O escritor 51

    6. O livro de Encólpio 55

    7. Andrônico 57

    8. O mar 69

NOTA DO EDITOR

Caléu Moraes é um respeitado latinista e tradutor. Infelizmente, como não pude verificar os documentos que Corinna Onelli e ele alegam ter encontrado, apresento este trabalho de erudição como um *Manuscrito* de Jan Potocki.

Esperamos que os dois estudiosos não tardem em trazer a público os manuscritos originais. Até lá, cabe ao leitor decidir se as páginas que seguem são obra de Petrônio ou uma engenhosa falsificação.

HISTÓRIA DESTE *SATÍRICON*

Arrisquemos informar sobre o *Satíricon*: a obra foi escrita por um tal Petrônio. Os manuscritos de que dispomos, mais este que ora traduzo, pela primeira vez para o português, apontam para a autoria de Petrônio; o que não se pode saber é de quem se trata.

Assim, a questão petroniana segue sem que a resolvamos. Quando terminei o doutorado na Universidade Federal de Santa Catarina, em 2016, com uma tese acerca de *sir* Richard Francis Burton, conheci Corinna Onelli, que estudava a circulação do *Satíricon* como literatura clandestina na Itália do século XVII. Talentosa bolsista Marie Curie, a pesquisadora, que produziu diversos artigos sobre a tradução da obra de Petrônio, num golpe de sorte, encontrou a cópia manuscrita do primeiro livro do *Satíricon*. Quando ela fez a descoberta, eu vivia com Fernanda, uma linda mas limitada latinista, grande amiga de Corina.

Estudamos o texto com cuidado. Está disponível, hoje, na Biblioteca Angelica di Roma.

Pertenceu a Pietro Fanfani (1815-1879), que, num artigo *decisamente critico*, escreveu Onelli[1], afirmou ter em mãos um manuscrito de certa tradução seiscentista de Petrônio. Além deste, que serviu de base para (ou de que é) uma cópia fidelíssima que está na mesma biblioteca (que recebeu parte do espólio de Fanfani), Corinna encontrou, num dos cadernos de notas do erudito, precisamente o de número 37 (com uma capa vermelha), algumas folhas de papel velho, dos anos de 1600, com a cópia manuscrita do primeiro livro do *Satíricon*.

Corinna não demorou a perceber que a letra do copista era a mesma de Marino Statileo, que encontrou o *Fragmento de Traù* em 1645. Este último é um trecho importante do livro de Petrônio, o episódio de Trimalquião, que copiou e levou até a Itália, quando o publicaram em 1664. Pode-se consultar o manuscrito na Bibliotèque Nationale de France ou no portal Gallica.

As perguntas que se pode fazer são muitas.

Por que Paolo Frambotti, responsável pela *editio princeps* do texto, recusou a publicação deste primeiro livro?

Teria Marino Statileo levado o manuscrito para outro lugar?

Teriam guardado o manuscrito outras pessoas?

Marino Statileo vendeu-o para algum erudito?

---

[1] "Tra fonti erudite e lettori ordinari: una traduzione seicentesca del Satyricon". In: *Ancient Narrative*. Groningen: University of Groningen Press, 2019. p. 36.

De que forma o texto chegou às mãos de Pietro Fanfani?
Por que Pietro Fanfani não o publicou?
Por que Pietro Fanfani não o mencionou?
Julgou-o, de alguma forma, uma falsificação?
E, por fim, seria este manuscrito não uma cópia, mas uma invenção de Marino Statileo?

Corinna Onelli e eu cotejamos o estilo do texto com os demais manuscritos disponíveis; a melhor edição dos trechos conhecidos do *Satíricon*, que serviu de base para uma boa tradução brasileira, a de Cláudio Aquati[2], é a de Alfred Ernout[3], que estabeleceu o texto latino. O autor é, sem dúvidas, o mesmo. A ocorrência de termos-chave do latim rasteiro de Petrônio é abundante no manuscrito que Corinna Onelli descobriu. Não parece uma falsificação.

A pesquisadora trabalha, hoje, numa versão profusamente anotada do texto latino. Traduzimo-lo, simultaneamente, para o italiano e o francês. Combinamos esta ligeira versão em português e outra, para o inglês. É bem verdade que não tem as copiosas notas eruditas e o aparato textual em que trabalhamos.

Que importa, porém? O livro, em Roma, era dum despojo (me perdoem o anacronismo) franciscano.

---

2   PETRÔNIO. *Satíricon*. Tradução: Cláudio Aquati. São Paulo: Cosac Naify, 2008.

3   PETRÔNIO. *Le Satiricon*. *Paris*: Societé D'Édition Les Belles Letrres, 1950.

SOBRE ESTA EDIÇÃO

O texto que segue é uma tradução do original latino copiado por Marino Statileo, provavelmente, em 1645. Embora o manuscrito nos apresente um texto contínuo, sem parágrafos (como de hábito à época) e com indicações de capítulos curtos, resolvi dividi-lo em partes intituladas, como no romance moderno. Os capítulos do manuscrito original estão indicados por algarismos arábicos entre colchetes.

SATÍRICON

LIVRO I

1. GITÃO

[1.] Resolvi me enforcar porque não tinha dinheiro, estava farto de viver[4] e sem energias. Contam que Domício ingeriu veneno, mas não morreu[5]. Eu não podia correr este risco. A forca, então, pareceu-me fiável. Por isso, dei adeus à minha mãe e fui para o mato[6]. Quando Massília[7] estava longe, joguei uma corda sobre um galho e dei um nó bem forte. Depois, subi num tronco de árvore, coloquei a corda no pescoço e, preste a saltar, ouvi um grito feminino.

---

[4] Petrônio escreve *taedio vitae*.

[5] Esta história também aparece em Plínio, o Velho (*Hist. Natural* VII, 186), que, sabemos, Petrônio não leu porque, se o identificamos ao personagem de Tácito, estava morto. Traduzo: "L. Domício, de família ilustre, vencido em Marselha e preso em Corftnium pelo mesmo César, bebeu veneno por tédio da vida. Depois de bebê-lo, esforçou-se para sobreviver".

[6] Petrônio escreve *silva*. Escolhi verter por "mato", porque para os romanos *silva* era o contrário da área urbana. Encólpio se afastou da cidade para morrer. A passagem é incomum, porque os suicidas, em geral, não escondiam a morte na Roma Antiga.

[7] Isto é, Marselha.

Voltei o rosto e vi um jovem muito bonito. Seus olhos eram da cor do mel[8] e os cabelos, pretos:

– Quem é você?

– Meu nome é Gitão.

Ele tinha a voz, o rosto e o jeito duma menina. O corpo, magro e pequeno, parecia tão frágil quanto o duma gazela. Então, ele me disse:

– Você não pode morrer... Por favor, tire a corda do pescoço.

– Por quê?

– Tem um homem atrás de mim. É um soldado.

Tirei a corda do pescoço e sentei num tronco. Peguei o jovem pelo braço, coloquei-o no colo e disse:

– Calma, irmãozinho, calma. Me conte o que aconteceu.

– Existe um homem chamado Albanus, um covarde. Ele diz que matou várias pessoas na Gália. Mas, quando está comigo no quarto, começa a chorar e diz que tem medo de ser soldado. Eu contei para todos que ele é fraco e tentou me matar. Forçou o meu cu com o cabo do gládio[9], mas queria meter o fio. Foi horrível. Eu saí correndo...

---

[8] Petrônio escreve *mellitos oculos*, que aparece também no poema de Catulo (48) para um tal Juvêncio.

[9] Um gládio é uma espada curta. A imagem tomei-a do belíssimo *Livro da Espada* de *sir* Richard Francis Burton (Londres: Chatto and Windus, 1884. p. 255):

[**2.**] Gitão mal acabara de falar, cheio de medo, e o soldado surgiu com o gládio na mão:
— Vou te rasgar, viado.
— Quem é você? – perguntei.
— Meu nome é Albanus, o matador.
— Matador de quê? Garotinhas...? De meninos inocentes...? De garotos bonitos e sofridos?
— Você nunca ouviu os versos de Crispo[10]? Eles dizem[11]:

Albanus guerreiro, mulheres deixa viúvas
E crianças deixa órfãs.
Ele vai como chega, quando
A noite é mais escura.

— Acho que você está enganado. Os versos são estes:

Albanus guerreiro, mulheres deixa
Na mão e em crianças bate como homem.
Ele vai como chega, com o rabo entre as pernas.

---

[10] Não sei quem é Crispo. Talvez um poeta que gozou de algum prestígio na época do autor.

[11] Os versos têm motivo no trabalho de Petrônio. De quando em vez, servem como complemento à prosa ou esclarecem as circunstâncias do narrador. Petrônio os usa, também, para ridicularizar os poetas, com os quais parece não ter paciência. Só há indulgência com Homero e Catulo.

Vimos que sucumbira ao ódio por causa do suspiro intermitente, dos dentes cerrados e do rubor em todo o rosto. Apontou-me o gládio com sangue nos olhos. Gitão agarrou meu braço e meus pelos se eriçaram. De repente, tinha energia e os olhos fixos. Peguei a espada que estava na cintura, presente dum velho amante, e disse:

– Venha, grande guerreiro. Mostre o que sabe fazer.

Não conseguíamos entender as palavras abruptas de Albanus. Tentou recitar outros versos, mas sua língua estalava e o rosto pareceu pregueado. Era, de fato, um covarde. Albanus soldado, Albanus matador[12].

Quando achei que ia atirar-se sobre mim, porque as mãos estavam em riste e as orelhas espetadas como as duma fera, correu como um coelho, entre os arbustos. Vimos que saltava com destreza, arrastando o gládio pelo chão.

> Albanus guerreiro, veloz como o coelho
> Em fuga da raposa.
> Nenhuma gota de suor lhe molhou o rosto.
> Dizem que quando levou para a guerra
> Seu moinho, os inimigos viraram farinha.
> Só esqueceram de dizer que
> Albanus não foi um bom padeiro
> E queimou o pão no próprio forno[13].

---

[12] O tema do soldado covarde é comum na literatura romana. Aparece, por exemplo, nas comédias de Plauto.

[13] Isto é, no ânus.

Não há homem neste mundo que abra uma brecha em meu pescoço. Desde menino, cobri meus inimigos de sangue. Naquele dia, porém, tive medo. Não por causa de Albanus, mas da corda que eu estreitara em minha garganta. [**3.**] O dia enfadonho ficou animado e Gitão me disse:

– Os deuses vão te ajudar.

– Diga aos deuses, quando os vir, que não me interessam. Prefiro que você me agradeça.

– O que posso fazer? – perguntou-me, assustado.

Montei em Gitão no mato e satisfiz a minha vontade. Depois, quando tentei abraçá-lo, assustou-se feito um animal que vê a chegada do caçador. Reparei em suas costas os sulcos do chicote. Eram como regatos escorrendo pela rocha. O garoto fugira das sarjetas imundas e caiu no meu colo.

Peguei a sua mão e disse:

– Você vai viver comigo, irmãozinho. Vou cuidar de você.

[**4.**] Quando chegamos a Massília, eu disse para a minha mãe que Gitão iria morar conosco. Ela não gostou. Torceu o nariz, mas não disse nada. Eu não tinha dito que morreria. Para a nossa sorte, ela devolveu o bebê da amiga e os gritos cessaram. Não sei por que ela cuidava daquela criança, se não tínhamos dinheiro nem para nós.

Ele era um bom cozinheiro e preparava refeições melhores que as da minha mãe. Porém, como passávamos quase todo o tempo dentro do quarto, eu estava magro. Minhas energias estavam sumindo de novo, mas desta vez por causa dos muitos exercícios.

Ele era um grande chupador e sua boca parecia com os tentáculos de certo polvo que engoli em Pompeia[14].

[5.] – Encólpio[15], meu senhor[16], estamos sem comida. Sua mãe mandou eu arranjar alguma coisa.

Neste momento, lembrei por que eu queria morrer. Estava sem dinheiro e minha mãe não conseguira mais nada com o velho Caio Décimo. Viver sem dinheiro não é viver. Os olhos esbugalhados de fome, cobiçando o pão do padeiro, o peixe do peixeiro e por aí vai... Tudo isso é como um monte de porradas no estômago.

Olhei para Gitão e disse:

– Vamos vender o seu cu, irmãozinho.

– Como se vende um pão?

– Não. Como se vende um peixe[17].

Levei-o pela mão à praça de Massília e encontrei um velho amigo. O homem me comera duas vezes em troca de algumas moedas, mas não queria mais nada comigo. Por

---

14 Não existe no texto conhecido outra menção às aventuras de Encólpio com o polvo. Das duas, uma: é um fato circunstancial ou uma pista. Teria Petrônio escrito algum outro livro com este personagem?

15 Esta é a primeira vez que aparece o nome do narrador do *Satíricon*.

16 Gitão se porta como a esposa de Encólpio.

17 Podemos explicar esta passagem da seguinte forma: o ânus tem o cheiro mais parecido com o do peixe que com o do pão.

isso, ofereci Gitão. Caio Druso deu-me três dinheiros e levou-o para trás do mercado. Ouvi os gemidos do menino e meu coração apertou. Minhas mãos ficaram inquietas e com os pés comecei a golpear o chão. De repente, eu era um homem estúpido. Fechei o punho e fui encontrá-los. Com uma das mãos agarrei os cabelos de Caio Druso. Com a outra, dei-lhe um soco com toda a força. Quebrei o seu dente e ele começou a gritar por socorro. Quando percebi, dois escravos tinham me cercado. Agarrei Gitão, peguei a espada e tentei matá-los. Os dois socorreram Caio Druso e aproveitei para fugir.

Eu tinha as três moedas e, no caminho de casa, comprei pão e frutas.

Quando cheguei, minha mãe pediu um pedaço. Dei-lhe metade do pão e uma laranja. Peguei o restante, enrolei num trapo e fui embora com Gitão, porque Caio Druso, desonesto e vingativo, viria atrás de mim.

2. FÚRIO E JÚNIO

[6.] Perto de Massília, não resisti.

Mandei Gitão deitar no mato e comi seu cu. Era meu garoto de olhos de mel. Comemos um pedaço de pão e, de repente, tive uma ideia de como ganhar dinheiro.

Voltamos à cidade.

Antes, porém, peguei uma pedra e risquei na parede:

GITÃO É MINHA PUTA

Então, expliquei para meu menino[18] que o que faríamos lhe causaria alguma dor.

Ele respondeu:

– Por você, meu pai[19] Encólpio, faço qualquer coisa.

Tomei-o pelo braço, fomos a um beco e contei meu plano:

---

[18] Petrônio escreve *puer*. A celebérrima tipologia de Varrão explica que o romano era *puer* até os quinze anos.

[19] O pai, na Roma Antiga, tinha poderes de morte sobre o filho. Quando Gitão chama Encólpio de pai, está lhe entregando a própria vida. Pouco antes, vale recordar, portou-se como a esposa do protagonista.

– Existe um matador de touros cujo irmão gosta de meninos. São gêmeos. Uma vez tentei seduzi-lo em troca de algumas moedas, mas não sou jovem o bastante. Goze a juventude![20] Gozei a minha, mas me falta o rosto da criança. Transe com ele e escorregue suas mãos pequenas, que tanto amo, pelo peito cabeludo. Quando estiverem no quarto, eu o surpreendo, roubo seu dinheiro e levo você comigo.

– E por que isto me causa dor?

– Porque você vai ficar separado de mim e precisa dormir com outro homem. Você é minha Helena, que conquistei pelo amor[21]. Nunca se esqueça disso.

Gitão parecia tranquilo. Na rua dos bordéis, mostrei-lhe Fúrio, irmão de Júnio, o matador de touros.

– É um homem feio – ele me disse.

Fiquei aliviado quando ouvi. Meu menino me amava e eu nunca o perderia. [7.] Aí me separei de Gitão, porque um dos escravos de Caio Druso me agarrou pelo braço. Ele correu e me levaram[22] à força para aquela bicha.

Estávamos em um canto do mercado, onde um seu cunhado tinha uma loja. Fui amarrado e ele disse:

– Já que não pude comer o menino, fico com você. Vou prendê-lo em correntes e comê-lo todos os dias até a morte. Vamos começar. Fechem as portas!

---

[20] Petrônio escreve *exercete iuuentam*, como em Catulo (61).

[21] Alusão ao famoso *Elogio de Helena*, de Górgias.

[22] O verbo está no plural. Logo, entendemos que houvesse mais de um escravo na frente de Encólpio.

Os escravos obedeceram. A madeira estava velha. Me puseram de joelhos e Caio Druso ergueu a túnica. Senti o fedor do mijo em seu pênis duro. Ele queria que eu o chupasse. Então, como o escravo tinha dado um nó frouxo na corda, consegui soltar as mãos e mordi seu pênis com força. Minha boca se encheu de sangue e Caio Druso começou a gritar. Levantei e tomei minha espada. Apontei-a para os escravos e empurrei a porta. Corri. Antes, porém, limpei a boca num pedaço de manta que havia à porta. Desesperei-me porque não encontrava Gitão. Ele não estava na rua dos bordéis. Não havia ninguém parecido com meu irmãozinho. Ninguém tão bonito quanto ele. Vaguei pela cidade e parei no anfiteatro.

[8.] Perto dali, vi Gitão com Fúrio. Eles caminhavam de mãos dadas para um quarto. Era a minha chance. A confusão era tanta, que acabei perdendo os dois. Entrei no anfiteatro para ver Júnio matar um touro enquanto esperava por Gitão. Caio Décimo, o velho, patrocinava o evento. Todos podíamos assistir. Por isso, havia muita gente. Júnio não aparecia nunca e todos começaram a gritar. Foi quando eu o vi no meio da multidão. Apontei o dedo para ele e gritei:
— É Júnio! É Júnio!
A multidão empurrou-o para a arena, enquanto dois soldados o agarraram pelo braço. Quando o vi aos prantos, percebi que, na verdade, era Fúrio.

Júnio estava com meu Gitão nalgum quarto. Aquilo me apertou o peito. Temi que meu menino se encantasse pelo matador de touros[23]. Sempre achei que Júnio preferia as mulheres. Era o que todos diziam. Gitão o transformara em um pederasta. Lembrei que vi os dois de mãos dadas. Na arena, soltaram o touro coberto de fitas. Ele correu na direção de Fúrio, que recebera um pano e uma lança. O falso matador fez tudo o que pode. Tentou subir as paredes, mas os soldados lhe batiam. Ele correu desesperado e escorregou na areia. Então, o touro o despedaçou. Enfiou-lhe o chifre pela coxa esquerda e ergueu Fúrio contra a parede. As pessoas que estavam perto ouviram a costela quebrando. Depois, o magnífico animal pisou-lhe a cabeça. Foi aí que vimos seus miolos presos na pata do touro.

[9.] Infelizmente, o espetáculo não me distraiu do meu menino. Saí do anfiteatro e passei por duas vielas. Estava em busca do quarto em que Gitão e Júnio teriam entrado. Perguntei para todos sobre Fúrio, porque achei que pensavam que Júnio estava lutando. Uma velha apontou-me um quarto onde eu poderia encontrar Gitão. Subi as escadas

---

[23] Petrônio escreve *taurorum interfector*. Matar um touro é, portanto, uma especialidade. Se havia alguma dúvida acerca das origens romanas da tauromaquia espanhola, desapareceram. Nos textos romanos, os homens encarregados de matar o touro não são gladiadores, mas *venatores*. Trata-se dum tipo diferente de guerreiro que carrega a *mappa*, isto é, um pano para iludir o animal, como ocorre nas touradas modernas, e um gládio ou uma lança.

sujas de merda. Abri a porta e meu menino estava sentado no pênis duro e poderoso de Júnio. Percebi que saltava como se estivesse sobre um cavalo. Júnio puxava seus cabelos enrolados e seus olhos de mel estavam vidrados. Então, ele me disse:

– Você estava certo, Encólpio... – e gemia como uma puta.
– O matador de touros está me causando muita, muita dor.

Júnio continuava como se eu não estivesse ali:

– Tudo bem, irmãozinho, vou salvar você.
– Não! Não, Encólpio...! Não me sal... – e gemia – ...ve. Não agora.

Gitão estava confuso por causa da força de Júnio.

Sem muito o que fazer, peguei a espada e enterrei no peito do matador de touros. Ele me olhou desesperado, mas não soltava dos cabelos de Gitão. Eu era Aquiles matando Heitor e com uma das mãos apertei-lhe o pescoço. Júnio era forte. Tinha braços grossos e um peito admirável. Percebi que havia sangue escorrendo pelo canto da sua boca e ele se afogou.

[10.] Gitão e eu seguimos pela rua.

Eu tinha uma espada e algumas moedas, o dinheiro de Júnio. Salvara o menino que me agradecia insistentemente.

3. O LOBISOMEM

[11.] Achei que era melhor fugir. Encontrei com minha mãe e lhe dei uma moeda. Ela parecia bem, porque estava deitada com um marinheiro velho quando cheguei. Dei-lhe um beijo, agarrei Gitão e fugimos outra vez. Agora eu tinha matado um homem e mordido o pênis de Caio Druso.
Era melhor desaparecer.

[12.] À noite, havia pessoas carregando luzes pela rua.
Um homem passou por perto e lhe bati com um pedaço de madeira. Gitão agarrou a luz e seguimos pelo mato. Estávamos com medo, já que podíamos ser mortos. Então, um homem disse:
– Calem a boca, seus veados!
– Por quê? – perguntei.
– Por causa do lobisomem[25].

---

[25] O lobisomem aparece com frequência no *Satíricon*. Existe uma larguíssima tradição sobre essa figura na Antiguidade. Basta que recordemos Platão, que, no livro VIII da *República*, escreve que os homens que costumam comer carne humana se tornam lobos.

Era um caçador. Estava oculto entre as árvores e aguardava, nervoso, por um homem lobo. Pediu que nos deitássemos com ele e não fizéssemos nenhum ruído.

Gitão me apertou a coxa e disse:

– Estou com medo, paizinho.

– Eu juro que nada vai acontecer, meu menino.

– Calem a boca. Vocês vão espantar meu lobisomem! – disse o caçador.

– Por que você quer matá-lo? – perguntei.

– Eu não posso matá-lo. Vou prendê-lo. É o filho de Andrônico, o livreiro. Ele prometeu me pagar um bom dinheiro pelo jovem.

– Ele está louco?

– Sim. Corre pela cidade e pelos cemitérios como se fosse um cachorro. Ele late e cheira as pessoas e morde. E, quando lhe perguntam o que está fazendo, ele diz que é um lobo.

– Pobre Andrônico.

– E vocês dois? Vieram se comer?

– Não! – respondeu Gitão. – Viemos para o mato porque... – dei-lhe um apertão no braço e ele se calou.

– Vou lhe dizer a verdade. Andrônico nos mandou.

– Mas por quê? Não confia em mim? Sou o melhor caçador de Massília.

– É que o jovem voltou para casa. Ele não precisa mais de você. Pediu para eu te dar esta moeda.

Dei-lhe meu dinheiro e o caçador ficou em pé.

– Mas que merda! Isto não é nem a metade do que combinamos.

Então, dei-lhe mais três moedas e ele saiu, satisfeito.

— Por que fez isso? — perguntou Gitão.

— Porque vamos prender o transformado[26] e ganhar o dinheiro de Andrônico.

— E se ele nos pagar menos do que você deu para o caçador?

— Eu mato o filho dele.

— Você é muito esperto, paizinho.

Gitão esfregou a mão na minha coxa e subiu até meus testículos. Então me disse:

— Eu tenho medo do lobisomem.

— Não seja tolo, irmãozinho. Ele não é um lobo, é um estulto[27], um retardado. Vai ser fácil prendê-lo.

Escutamos alguns ruídos e afastei a mão que colhera minhas bolas, porque tinha medo que o prazer me delatasse. Peguei a espada e esperamos. Gitão respirava sofregamente, esfregando-me o cotovelo carnudo. Meu pênis parecia o estandarte duma legião. O barulho cessou e resolvi colher um beijo do meu menino.

---

[26] Aqui, pela primeira vez, Petrônio emprega o termo *uersipellis*, que quer dizer: "aquele que troca de pele". Daí minha tradução.

[27] Existe um poeta do século II, Marcelo de Side, que escreveu alguns versos em grego sobre a licantropia, que traduzo: "Os que são vítimas da enfermidade lupina ou canina saem de noite, no mês de fevereiro, imitando lobos ou cães, e, até o amanhecer, dedicam-se a remexer as tumbas. Aqueles que padecem deste mal são reconhecíveis pelo rosto pálido ou pelo aspecto furioso; além disso, os seus olhos estão sempre secos e fundos e não derramam lágrimas...". O testemunho, posterior a Petrônio, parece ecoar uma crença bastante velha: a licantropia é, em verdade, uma doença.

[**13.**] De repente, começou uma garoa fina e, do meio de duas árvores frondosas, surgiu o jovem louco. Caminhava como um homem, mas se transformou em lobo[28]. Uivou desesperadamente e cheirou as árvores. Abaixou-se e ergueu uma das pernas, como um cão. Mijou copiosamente e, depois, seguiu de quatro pela floresta. Tinha pelos de cão ou algo que o valha colados ao redor do pênis e na bunda.

Gitão temeu.

Ele mordia os lábios grossos, tiranos da minha alma, e cobria o rosto com os cabelos espessos. Me faltavam ideias para prender o lobisomem. Quer dizer, eu podia feri-lo, mas não teria a recompensa. Minha mão tremia, porque eu desejava enterrar a espada nas costas daquela criatura ridícula. Notei que ia perdê-la e saltei do meu esconderijo.

O jovem tentou me avançar. Eu o julgara um perigo, afinal Andrônico contratara um caçador para capturá-lo. Mas o lobisomem era lento e apalermado:

> Então os touros furiosos investiram
> Contra os inimigos e os javalis ensaiaram
> O ataque; e os lobisomens corajosos
> Seguiam os guerreiros na guerra dos Partos[29].

Um estúpido!

---

[28] ... *et subito lupus factus est*, escreve Petrônio. Esta oração ocorre ainda uma vez no *Satíricon*.

[29] Os versos são uma paródia do poema de Lucrécio (versos 1308 e seguintes), que descreve combates entre animais e homens.

[**14.**] Guardei minha espada e tentei lhe acalmar com as mãos.

Ao fim, afaguei seu cabelo e ele me lambeu os dedos compridos, como um bom animal. Estava sujo, dos pés às nádegas. Chamei Gitão, que se aproximou medrosamente. Ele brincou com o jovem por alguns minutos. Enquanto o tempo passava, fiquei pensando no caçador: ele teria amarrado o lobisomem e o carregado nas costas. Mas eu não tinha tanta força. O filho de Andrônico era robusto. Aí me ocorreu uma ideia. Pedi o cinto de couro de Gitão e amarrei-o no pescoço do lobisomem. Depois, voltamos para Massília, escuros na noite, guarnecidos pela sombra[30], porque temíamos os homens que queriam nos matar.

---

[30] Trata-se, é claro, duma paródia aos famosos versos de Virgílio.

4. JÚLIA

[15.] Queríamos chegar à loja de Andrônico, mas o lobisomem era lento. Ele tinha as pernas tortas e doloridas. Toquei-lhe as costas e percebi que estava gelado como o inverno das Gálias[31].

Era um homem doente e não tínhamos tempo. Eu queria entregá-lo de uma vez, porém, perto da cidade, ele tombou. Gitão e eu o arrastamos para o mato. Começou a chover e ficamos debaixo duma árvore grande. O homem lobo gemia e punha a pata, quer dizer, a mão no joelho ardido. Apesar do sofrimento, seguia portando-se como um animal.

Dei um beijo em Gitão, disse que ia chamar um médico e que devia me esperar. Ainda que contrariado, concordou. O lobisomem deitou a cabeça no regaço perfumado do meu menino e pareceu dormir.

Estava cansado, mas era preciso que eu lhe desse algum alívio. Do contrário, não poderia seguir até a casa de Andrônico.

---

[31] Essa expressão aparece ainda uma vez no *Satíricon*.

[16.] Felizmente, Lúcio, um bom médico, morava perto. Eu não gostava dos médicos, nunca confiei neles. Quando era menino, vi um jovem com dores de dente. O pai o levou ao médico, que pingou em sua boca cera derretida. Depois, mandou que ele enxaguasse os dentes com sangue de tartaruga. O pobre homem gastou tudo o que tinha e o médico ficou mais rico. A dor de dente do filho não passou. Então, para resolver o infortúnio da dor, o jovem se jogou duma janela alta e morreu com o pescoço quebrado[32].

Todos começaram a gritar, perseguiram o médico e o agarraram. Achei que iam matá-lo, mas aí ele disse:

– Calma! Não me matem! O jovem não reclama mais do dente. Eis a cura![33]

É por isso que não canso de dizer:

> Você mandou me sangrar
> Fizeram assim pela manhã.
> Você me disse "Não vomite!"
> Mas vomitei as tripas e o sangue.
> Resolvi virar do avesso as
> Tuas receitas. E com minha rebeldia
> Transformei tua ignorância em inteligência.

---

[32] Os romanos recorriam ao suicídio para escapar às doenças odiosas. É o caso dum tal Marco Pompônio Bássulo, cujo epitáfio, que se costuma datar dos anos 120 d.C., expressa:
> MEU ESPÍRITO É ATORMENTADO POR PREOCUPAÇÕES
> E TAMBÉM MUITAS DORES FÍSICAS
> E COMO NOS DOIS CASOS SÃO EXAGERADAS
> ESCOLHI UMA MORTE DESEJADA

[33] Há uma anedota parecida em Plínio, o Velho.

[17.] Lúcio era jovem, mas tinha poucos cabelos. Uma pena![34] Contei-lhe do meu amigo doente. Corremos até a árvore que abrigava Gitão e encontramos o meu menino nervoso. Ele estava ofegante, mas o lobisomem parecia tranquilo.

Espiei as pernas de Gitão e percebi que estavam cheias de pelo. Ergui a sua túnica e vi que também estavam em sua bunda:

– O que aconteceu, irmãozinho? Pelo pau de fogo de Vulcano, me diga a verdade!

– Nada, meu pai. Nada. Só preciso dum banho.

Lúcio, então, disse:

– Este jovem fez muito esforço recentemente. Está fatigado. Além disso, tem as pernas feridas e muita febre. Preciso levá-lo até minha casa. Vamos, me ajudem.

Gitão respondeu:

– Ele está esgotado porque caminhou bastante. Vamos, irmãozinho, me ajude a carregá-lo.

Fiquei desconfiado, mas carregamos o lobisomem. Eu estava com sono e precisava dormir. Lúcio deu vinho e ópio[35] para o filho de Andrônico. Agarrei Gitão e dormimos em um canto da casa.

[18.] De repente, acordamos com alguns ruídos. Lúcio abriu a porta de um quarto, saiu e depois a fechou com correntes. Em seguida, aproximou-se de mim e disse:

---

[34] Os romanos, em geral, e não apenas Petrônio, abominavam a calvície.

[35] A droga fazia sucesso em Roma. É provável que Petrônio fosse viciado em ópio.

– Quero o meu dinheiro.
Dei-lhe cinco moedas, e ele disse:
– Vou comprar comida. Aquele jovem é meu aprendiz.
Era um menino bonito e forte. Seus braços eram maiores que os meus e as mãos grandes seguravam um osso que ele roía. Parecia com o osso da perna de um cachorro. Lúcio foi embora e ouvimos outra vez o ruído incômodo. Eu tinha a impressão de ser o de algum animal, mas o lobisomem dormia em silêncio. Perguntei ao aprendiz sobre o barulho, e ele não respondeu. Apontei-lhe a porta do quarto e ele se levantou, agressivo. Fiquei com medo e Gitão também. O aprendiz, então, sentou-se outra vez. Perguntei-lhe qual dos frascos continha o ópio e ele me mostrou. Finalmente, começou a falar. Era grego e eu o compreendia com muita dificuldade. Tive a impressão de que Lúcio aprendera com o aprendiz, e não o contrário. Ele me falava entusiasmado sobre as propriedades das plantas.

Duvidei dos efeitos do ópio e o desafiei a tomar com vinho, como aconteceu com o lobisomem. Ele o fez e em alguns minutos estava molenga. Bati com força em sua cabeça, e o aprendiz desmaiou:

– Vamos, Gitão, vamos carregar o lobisomem.
– Não sei se vamos conseguir, paizinho, ele é muito pesado.
– Espera! Antes eu quero ver o que tem no quarto.

[19.] A chave estava com o aprendiz. Abri a porta e levei um susto. Gitão, meu pobre menino, desmaiou. Havia um

pedaço de mulher apoiado contra a parede. Ela estava amordaçada e não tinha os braços e as pernas. Então, tirei o pano da sua boca e ela começou a falar:
— Me salve! Aquele filho da puta me cortou as pernas e os braços e me come todos os dias.
Percebi cicatrizes velhas no lugar em que havia membros e perguntei:
— Há quanto tempo você está aqui?
— Alguns anos. Me salve!
— Quem é você?
— Meu nome é Júlia. Sou a filha de Caio Décimo.
Por sorte, era pequena. Acordei Gitão e mandei que carregasse o pedaço de mulher que chorava desesperadamente:
— Força, irmãozinho. O pai dela vai nos dar uma boa recompensa.
Caio Décimo era um homem muito rico. Há anos comera minha mãe e eu desconfiava de que ele fosse o meu pai. Claro que eu não ia dizer nada, apenas entregar a sua filha e pegar o meu dinheiro.

[20.] Os braços finos de Gitão pareciam as cordas que suspendem o balde sobre o poço. Ele se esforçou e conseguiu erguer a menina. Resolvi que o risco de romper minhas costas valia a pena e ergui o lobisomem nos braços. Ele pesava como uma vaca. Fomos nos arrastando até a porta. Gitão largou a menina para abri-la, e ela começou a gritar:
— Não! Não me deixe! Me levem com vocês.

Saímos da casa de Lúcio e viramos uma esquina. Jamais iria conseguir levar o lobisomem até Andrônico. Ele pesava muito. Talvez com a ajuda de Gitão as coisas dessem certo, mas ele carregava o pedaço de Júlia. Larguei-o no chão e tentei acordá-lo. Não adiantou. Em breve, Lúcio chegaria em casa e viria atrás de nós. Além disso, havia gente que queria nos matar em Massília. Não podíamos ficar na rua, não era seguro. Parecíamos com demônios carregando mortos para o Orco.

Então, ocorreu-me uma ideia.

Deitei o lobisomem e Gitão e os cobri com palha. Vesti Júlia com minha túnica e lhe cobri a cabeça com um capuz. Ficamos num canto, contra a parede. Enfiei meus braços pela túnica e parecia que eram os de Júlia. Ela estava assustada. Eu também. [...][36]

Eles correram por uma viela.

[21.] Estava quente e vimos um homem que se aproximava. Em seguida, sussurrei para Júlia:

– Fale para esse cara que você é adivinha. Que é uma bruxa e...

– Eu sei... Eu sei... – ela respondeu.

O homem estava perto e Júlia disse:

– Olá, meu bom homem! Sou uma feiticeira dos campos da Grécia. Eu conheço o mundo e não há nada no futuro que me seja estranho. Gostaria de tentar a sorte?

---

[36] Trecho incompreensível no original.

– Sim.

– Eu preciso duma moeda.

Ele estendeu a mão com o sestércio que eu não via. Júlia, então, disse:

– Agora vou pegar a moeda da sua mão!

Aí, estiquei o braço às cegas e encontrei a mão e a moeda. Júlia era esperta. Devia ter pensando muitas coisas enquanto estava no quarto de Lúcio. Felizmente, devo dizer, ele não cortou a sua língua:

– Olha, bom homem. A história é a seguinte. Existem quatro pessoas a caminho dum santuário que precisam de ajuda: um lobisomem, dois jovens e uma patrícia desafortunada. Se você os ajudar terá muito, muito dinheiro. Eles são os enviados dum deus ciumento, mas generoso. Preste atenção! Dobre à esquerda, depois à esquerda de novo e você os encontrará. É uma grande oportunidade. Não a desperdice.

[22.] O homem estava eufórico e saiu. Ao fim da rua, dobrou à esquerda, como Júlia ordenara. Então, levantamos rapidamente. Gitão ouvira tudo e dava risada:

– Vamos, irmãozinho, vamos! O homem vai chegar daqui a pouco.

Quando o vimos dobrar a esquina, estávamos prontos. Ele apareceu e nos encontrou sentados e aos prantos. Então, perguntou o que acontecera e eu respondi:

– É uma desgraça! Uma desgraça! Meu jovem amigo, o lobisomem, filho de Dis, está doente. Eu preciso levá-lo ao livreiro que conhece os encantamentos que podem curá-lo. Além disso, meu amigo e eu temos que carregar esta jovem, que é uma criatura mágica.

– Mágica?

– Sim.

– O que ela faz?

– Realiza desejos.

– Então, por que não lhe pede que os levem até o livreiro?

Por sorte, pensei rápido:

– Cada pessoa só pode fazer um pedido.

– E qual foi o seu?

Ergui a túnica com os dedos nodosos e sujos e lhe mostrei meu pênis grande.

– Que pênis bonito e comprido! E seu jovem amigo, o que pediu?

Eu não esperava pela pergunta. Olhei para o meu menino e seus cabelos de ouro. Então, ele respondeu:

– Não sou jovem. Tenho 82 anos. Pedi a juventude.

Ah, meu menino! Olhos de mel e uma cabeça tão boa... Um corpo delicioso e a mente em fogo. Eu o amava. Por Dis, eu o amava.

O homem ficou contente:

– Preciso dizer. Uma vidente mandou que eu os ajudasse. Posso fazer um pedido também?

– Apenas quando chegarmos ao livreiro.

Seguimos pela rua. O homem e eu carregávamos o lobisomem enquanto Gitão levava Júlia debaixo do braço.

[23.] Andrônico nos viu filho e correu em nossa direção:
– O que houve com meu filho? Está ferido?
– Sim! – respondi. – Este homem o maltratou.
Andrônico ameaçou matá-lo e o homem correu.

[24.] Tínhamos Júlia, que Gitão carregava, e o lobisomem. O livreiro nos agradeceu e me pagou muitos sestércios. Então, ajudei-o a levar para dentro o lobisomem. Nós o deitamos num estrado, nos fundos da oficina. Havia muitos trabalhadores, entre escravos e homens livres, que copiavam papiros[37]. Tinham os dedos grossos e calosos e as cabeças grandes estavam voltadas para a mesa. O velho livreiro era um homem rico, mas desagradara algum deus, já que seu filho era louco[38].

[25.] Fomos embora e eu carregava Júlia enquanto envergava minha túnica estriada. Eu a comprara com parte do dinheiro de Andrônico. Também vestira Gitão como se veste um deus, com uma túnica curta para eu espiar o seu pênis pequeno e murcho.

---

37   Grande parte dos livros da Roma Antiga eram copiados em papiro. O uso do pergaminho era restrito. Petrônio escreve *charta augustea*, pelo que presumimos que a oficina de Andrônico produzia apenas bons livros. Isso porque a *charta augustea*, escreveu Plínio o Velho (*Hist. Natural.* XIII, 12-21), era um papiro de grande qualidade que media, vejamos, cerca de 24 centímetros de largura.

38   Petrônio escreve *amens*, que quer dizer também "perturbado" ou "aquele que age de forma temerária".

Não era seguro viver em Massília, mas estávamos de volta. Apesar dos perigos, eu caminhava como um cavalo, desfilando o pelo espesso, numa feira da Gália. As orelhas de Gitão estavam aguçadas como as de um gato.

Por fim, chegamos à vila de Caio Décimo e deparamos com o aviso:

CUIDADO COM O CÃO[39]

A casa era bonita, com telhas laranja e brilhantes. Mas não vimos o cachorro. Havia dois gatos que caminhavam perto dum poço. Os escravos nos olhavam e, por fim, um deles caminhou até nós:

– Por Júpiter! É a senhora[40] Júlia!

E todos começaram a gritar. Em pouco tempo, estávamos cercados. Então, Caio Décimo, que podia ser o meu pai, apareceu. Vinha cansado, apoiado num pedaço de madeira. Estava senil e cheirava a morte. Seria melhor que Caio Décimo, à maneira dos filósofos antigos, desse um fim à própria vida, porque os tormentos dum corpo velho são um castigo tremendo. [26.] Por Hércules! Ele viu que eu carregava Júlia, deu as costas e voltou para dentro. Mandou que um escravo me chamasse. Deixei-a com Gitão e segui para

---

[39] Petrônio, como num conhecido episódio, escreve *cave canem*. O aviso era bastante comum. Em geral ia acompanhado da imagem dum cão.

[40] *domina*, escreve Petrônio.

dentro da vila. Na parede, havia a pintura de dois homens que carregavam um pedaço de carne. Caio Décimo, então, me disse:

– Por que me trouxeram minha filha deste jeito?

– Achei que o senhor gostaria.

– Ela não presta para nada. Seria melhor se estivesse morta! Diga: quem lhe fez isto?

– Lúcio, o médico.

– O calvo?

– O calvo...

Em seguida, o decrépito Caio Décimo, cujos olhos estavam a ferros, guiados pelo pavor e pelo ódio, disse para o escravo:

– Eu o quero morto. Hoje. Morto e em pedaços.

– Ah! – gritei.

– O que foi?

– Ouvi-o dizer que Caio Druso, o comerciante, também ajudou a cortar Júlia.

– Que ele morra também...

Quando o escravo saiu, Caio Décimo disse:

– Preste atenção, vou lhe dar 50 dinheiros para que mate a minha filha, está bem?

– Por quê?

– Ela não serve para nada. Já disse. Como vou casá-la? Eu a quero morta. Ela já sofreu demais. Que vida desgraçada!

– Assim seja. Me dê o dinheiro.

[**27.**] Gitão, Júlia e eu estávamos na rua outra vez. Ela deixara a casa aos gritos e tive de amarrar-lhe a boca. Lúcio devia ter cortado a sua língua. Certamente, porém, ele precisava dela.

No caminho para lugar nenhum (acho que deixávamos Massília), conversávamos os três:

– Pelos deuses! Quanto desgraça em minha vida! A Fortuna me fugiu.

– Calma, Júlia – respondeu Gitão.

– É, não adianta ficar chorando. A vida é detestável para todo mundo,

> Por exemplo, a minha alma está fedendo como
> Um monte de peixes num dia de sol.
> E todos têm nojo dela.
> Minha alma parece com o esterco
> Dos cavalos quando comidos e vomitados
> Pelo cão. Todos somos assim.
> As mulheres largam dos filhos para
> Correr atrás dum homem.
> Os homens largam dos filhos para
> Correr atrás dum outro homem.
> Todos portam espadas ou
> Vivem do sangue dos amigos.
> As pessoas agridem aqueles
> Com quem deveriam falar,

E têm o rosto vermelho de ira.[41]
As pessoas roubam os amigos
E os velhos carregam um corpo frágil.
Não há alegria neste mundo,
A não ser quando vemos a morte chegando.

Júlia seguiu chorando e, então, disse:
— De que adiantou que eu aprendesse o grego se não tenho mãos que segurem o poema de Homero? Meu pai rejeitou-me e sigo com dois palermas viados...
Quando ela disse que sabia o grego, tive uma ideia.
— Então, Júlia. Acalme-se. Quando fala, parece que ouço um leão rugir.
— Você prefere quando o seu gato[42] mia?
— Vamos comigo até a casa de Andrônico, o pai do lobisomem.
— Por quê? O que há lá?
— Gitão, amarre a boca dessa mulher.
Acariciei os cabelos do meu menino, enquanto Júlia cuspia uma torrente de torpezas. Então, Gitão rasgou um pedaço do pano em que a enroláramos e lhe amarrou a boca[43].

---

[41] É uma pena que Hölderlin não tenha conhecido esta passagem do *Satíricon*. Certa vez, quando traduziu a *Antígona*, escreveu "teu rosto se tingiu de vermelho", referindo-se à raiva duma personagem, Schiller e os colegas fizeram piada às suas custas.

[42] Júlia, é provável, fala de Gitão.

[43] Cabe perguntar: o que ocorreu ao outro pano que amarra a boca de Júlia?

[**28.**] Pisamos dois ou três galhos quebrados e começou a chover. Os cabelos de Júlia eram bonitos, mas se pareciam com ídolos untados de sangue[44]. Seus olhos estavam tomados pela conjuntivite[45] e tive pena por alguns momentos.

---

[44] Uma comparação dificílima. Não sabemos o que Petrônio quis dizer.

[45] Petrônio escreve, literalmente, "olhos de arruda". Não esqueçamos que a erva servia para tratar deste mal que atacava os olhos.

5. O ESCRITOR

[**29.**] Chegamos à oficina de Andrônico. Vi dezesseis escravos que copiavam um texto grego enquanto outro lhos ditava. Então, ele apareceu:

– O que vocês querem?

– Senhor Andrônico, penso que podemos aumentar seu ganho.

– Como?

– Que tal uma escrava que leia grego para os seus copistas[46]? Basta alimentá-la...

– Esta aleijada?

– Ela conhece o grego.

Ele me deu um dinheiro e lhe entreguei a pobre Júlia. Os homens a levaram para os fundos, enquanto Gitão e eu contávamos as moedas:

---

[46] Petrônio escreve *librarii*. Seu trabalho era bastante tedioso. Podia acontecer de três jeitos: a) os copistas faziam cópias individuais dos textos e as passavam de um para o outro; b) eles dividiam o texto em partes e cada um deles as copiava para, depois, uni-las; c) um escravo ditava o texto aos copistas, que podiam produzir muitas cópias depois de horas de trabalho.

– Não vão embora! Espere! Diga-me, meu jovem, vocês sabem escrever?

Olhei para Gitão e ele o negou com um movimento de cabeça. Era jovem, lindo, mas desconhecia as letras. Afirmei que sabia escrever. Então, Andrônico disse:

– Quer trabalhar como copista? Vou lhe pagar bem.

– Mas não sei o grego.

– Você copia os poemas de Catulo ou Marcial[47]. Tem muita coisa para fazer.

Eu morava com Andrônico, nos fundos da oficina. Júlia ditava o texto para os copistas e, em outra sala, eu fazia o trabalho de copiar os versos mais chatos deste mundo. O que me mantinha vivo era a expectativa da noite, quando a escuridão cobria todos nós e eu podia masturbar meu menino, que apertava as pernas como uma garotinha enquanto eu lhe corria o pênis para cima e para baixo.

Comecei a roubar papel e tinta e escrever à noite, debaixo dum archote que havia perto. Eu tinha histórias para contar e, uma vez, Andrônico as descobriu em meu aposento, quando cercava Gitão, o meu menino, que dormia durante o dia. Eu quis matá-lo, mas ele me pediu desculpas e disse:

– Você é um grande escritor. Tem muita gente que gostaria de ler suas histórias. Milhares de soldados pagariam bem pelas suas narrativas. Não vá embora. Prometo não

---

[47] Marcial era um poeta bastante apreciado. Sobre isto, escreveu os versos (XI): "Dizem que na Bretanha entoam meus versos. / De que adianta? Meu bolso continua vazio".

tocar no seu menino e protegê-lo com a minha vida. Vou aumentar seu soldo, uns 40 sestércios, quando as histórias começarem a vender.

Fiquei feliz porque pensava em ir embora. Não podia sair porque tinha inimigos. Não sabia se Caio Décimo já tinha matado Lúcio ou Caio Druso. Portanto, não podia me arriscar em Massília. Ficava nos fundos da oficina fodendo Gitão e escrevendo as minhas histórias.

Meu primeiro livro[48] era uma história curta: *O macaco que queria transar*. Começava deste jeito:

---

[48] Que diabos um romano queria dizer com *livro*? Petrônio escreve *volumen*, que é uma tira longa de papiro ou pergaminho que ficava enrolada.

6. O LIVRO DE ENCÓLPIO

[**30.**] Havia um macaco que queria transar[49].

Pegou um coelho e comeu o coelho. Mas não adiantou. O pinto do macaco seguia grande e vermelho. Estava duro como o gládio dum soldado.

Tinha um soldado uma vez. Era bonito e tinha o peito cabeludo. Vestia um pano feito em Cartago e encontrou com o macaco. Tentou matá-lo, porque o macaco quis comê-lo. Depois, ficaram amigos. O pinto do soldado era menor que o do macaco, mas naquela manhã também estava duro. Os dois combinaram de se comer, o homem e o macaco. E os dois se comeram. Mas não adiantou, porque eles seguiam com os pintos grandes e vermelhos.

Tinha um deus uma vez. Era forte e grande. Seu nome era Marte e vestia uma armadura de ouro. Um dia, encontrou o macaco e o soldado. E comeu os dois. Mas todos seguiram com os pintos grandes e vermelhos.

Eram três amigos com pênis bonitos e poderosos. Certo dia, enquanto caminhavam, um leão comeu a perna do soldado:

---

[49] O copista destacou a história que Encólpio escreveu como se fosse uma transcrição do texto de *O macaco que queria transar*. Não sabemos se Petrônio fez a mesma coisa, produzindo uma citação direta.

– E agora? – perguntou.

Marte respondeu:

– Fácil. Agora, veja só, fique com o pau duro.

E o soldado pensou nas partes e no cu do macaco. Seu pau ficou grande e vermelho. Aí, o deus disse:

– Agora use teu pau como bengala.

O soldado se apoiou no pau como se fosse a perna comida e os três amigos seguiram. Empreenderam muitas aventuras que vou contar neste livro.

Por exemplo, comeram muitas mulheres e moças. E todas deixavam os maridos e pais e filhos para segui-los, porque ninguém era tão fodedor quanto os três amigos.

Num outro dia, estavam batendo punheta um para o outro. Mas Marte era muito mais forte e rasgou o pau do macaco. Pobre animal! Pobre, pobre macaco! A história começou com ele, porque tinha um pinto grande, muito, muito grande. Agora, porém, era um pedaço de carne cheio de sangue.

Então, as mulheres que seguiam os três amigos cortaram os seus cabelos e costuraram o pênis do macaco que, muito rapidamente, ficou bom.

[31.] Minha história fez muito sucesso. E todos queriam comprá-la.

Andrônico dispunha os livros nas prateleiras e produziu muitos cartazes com o título das minhas histórias. Estavam com o nome de Gitão, porque eu temia que meus inimigos me encontrassem na oficina.

7. ANDRÔNICO

[**32.**] A vida como escritor é muito difícil, porque, ainda que minhas histórias vendessem bastante, Andrônico ficava com quase todo o dinheiro.

No começo eu não podia reclamar porque não tinha quase nada em minha vida.

Agora, porém, percebera que Andrônico, cujos lábios eram pretos porque certa vez, na Arábia Feliz, lhos tinham pintado, estava enriquecendo às minhas custas.

O melhor dos meus livros pesava muito. Era longo[50] e cheio de aventuras. Tinha bastante sexo, mas, como todos os outros, era imprestável.

Ouvi que em certo lugar, um leitor, depois de se masturbar com a história do macaco, usara meu livro para bater na mulher. Fiz o mesmo com Gitão.

---

[50] Encólpio quer dizer que o papiro ou pergaminho no qual o livro estava escrito era comprido. Ainda que adiante diga "cheio de aventuras", não parece se referir à extensão da história, como veremos.

Eu o vesti de menina[51] e lhe amarrei no peito uma faixa de linho[52]. Então, ele apertou as coxas como uma criança, enquanto com os dedos eu caçava o seu pênis minúsculo. Quando o vi por debaixo da saia, que havia corrido até a altura das coxas, meu pau cresceu e parecia uma pedra. Masturbei-o um pouco, mas lembrei do matador de touros e fiquei com ciúmes. Por isso, bati em Gitão com o meu livro[53]:

– Você nunca lê as minhas histórias. Mas elas vão te pegar.

Ele gritou e Andrônico apareceu:

– O que há com essa menina[54]?

---

[51] As meninas na Roma Antiga usavam um vestido simples que ia, em geral, até o joelho.

[52] Petrônio escreve *mammilia*. Era uma espécie de sutiã, como podemos ver nas paredes duma antiga *villa* romana, descoberta na Sicília:

[53] É claro que, para que batamos numa mulher, o livro tem de ser de pergaminho. O papiro não serve para tanto.

[54] Petrônio escreve *puella*. Os romanos, parece, tinham tesão por crianças. O termo aparece em muitas elegias eróticas e quer dizer "menina", aquela que não teve relações sexuais e, portanto, não é uma mulher. Outras vezes, quer dizer a menina que transou, mas não tem marido.

– Não é da sua conta. Gitão é minha puta!

– Mas por que maltratá-la?

Andrônico tratava Gitão como uma jovem. Chamou dois escravos fortes que o tomaram de mim:

– Filho da puta! – gritei.

– Vá embora ou te mato!

Caralho! Eu perdera meu menino. Digam-me: o que eu poderia ter feito?

Meu pau estava tão duro que o próprio Hércules se penduraria nele.

[33.] Estava pobre e queria morrer.

Lembrei da corda que eu quisera pôr no pescoço e o meu coração se aqueceu. Pensei em venenos, facas ou punhos abertos. A vida está repleta de momentos tediosos, de instantes que jogamos fora, porque não sabemos o motivo pelo qual os deuses nos puseram no mundo. Acredito que isso tem a ver com o fato de que os divertimos. Eles choram com a história de Protesilau ou riem com a desventura de Cevino[55].

Todos, ao fim, acabamos mortos.

---

[55] Protesilau é o herói da *Ilíada*, que amava uma mulher e ganhou algumas horas de ressurreição para vê-la. Não sabemos nada sobre Cevino.

Eu creio na morte por causa dos ossos[56]. Queria morrer para que o meu sofrimento pudesse, enfim, cessar:

> Que é uma criança?
> Uma criatura desafortunada.
> Logo que nasce, colocamo-la
> Numa jaula de dor. Do primeiro
> Ao último dia da jornada,
> Existe suspiro e dor.
> Até porque, mesmo nos melhores
> Momentos, esta vida é, no máximo,
> Suportável.
> Feliz é aquele que dá fim aos próprios
> Dias.
> Os que nascem dementes também.
> Porque não sabem que vivem
> Imersos num horror indizível.
> Todos padecemos o medo
> Do labirinto de Creta. Em cada curva
> Deparamos com o Minotauro que
> Nos ofende e agride. Viver
> É estar morto.

A despeito desses pensamentos, escolhi não morrer, porque só assim poderia ver meu Gitão outra vez.

---

[56] Esta passagem mostra como eram estreitas as relações entre os romanos e a África negra. A frase aparece numa coleção de adágios empiristas da tribo wolof que *sir* Richard Francis Burton publicou em 1865: "Guema na dee, ndigui yaje", ele verteu por "I believe the death, because of the bones".

[**34.**] Leandro era alto e tinha os braços que pareciam o tronco duma árvore.

Eu não podia ficar na rua, porque não sabia se Lúcio ou Caio Druso estavam mortos. Então, fiquei na casa duma velha imunda. Pediu-me dinheiro, mas, quando ergui a roupa, ela disse:

– Quero teu pênis como pagamento.

Concordei. A oferta era boa. Eu ia fodê-la todos os dias em troca de comida e cama.

Leandro era um soldado grande. Legionário valente, fugira do exército para trabalhar com Andrônico. O livreiro lhe ordenara que cuidasse de Gitão. Eu espiava a oficina todos os dias. De quando em vez, Gitão aparecia vestido de menina ao lado de Andrônico e sua esposa.

[**35.**] Havia um homem forte, eu já disse. Vi-o certo dia carregando um balde, enquanto seguia Andrônico, a esposa e o meu Gitão. Seus cabelos longos estavam úmidos. Era uma puta lavada[57].

[**36.**] Escrevi uma história uma vez sobre um macaco que queria transar. Mas ele também era um erudito: escrevia

---

[57] Petrônio escreve *puella lauta*, que, a rigor, quer dizer "moça lavada". É uma referência ao popularíssimo método contraceptivo dos romanos, qual seja, lavar o esperma com água fria, na tentativa de matá-lo. Gitão é menino, não vai engravidar. Todavia, Petrônio acentua a tentativa de Andrônico de transformá-lo em mulher, já que o último tem medo de engravidá-lo.

poemas e, quando se tornou senador, fazia discursos longos e inteligentes. Os velhos do Senado eram homens tolos e decrépitos, cujos peitos exaustos só diziam gemidos. O macaco, porém, era culto[58]. Só queria transar, mas era culto. Foi ele, dizem, que ensinou os homens a escrever. Depois, tornou-se senador. Então, perguntaram:

– Por que você não quer ser imperador?

– Não sou burro o bastante...[59]

[37.] Gitão estava mais bonito todos os dias. Meu coração estava comido de ciúmes. Quando eu pensava em Andrônico comendo seu cu e, depois, lavando seus cabelos enrolados, sentia que uma espada me caía sobre o ventre.

Os abutres do ódio comiam as minhas tripas fedidas.

>O que há com as minhas mãos?
>Qual o nome da mulher por quem
>Elas tremem?
>Por que não seguro o arado, mas
>O gládio entre os meus dedos?
>Minhas mãos tremem se agarro o

---

[58] Petrônio, parece, já ouvira a história de Hanumān, o deus macaco do hinduísmo.

[59] Apesar de muito longo para um bilhete suicida, acredito verdadeiramente que Petrônio escreveu o *Satíricon* pouco antes de sua morte. Quer dizer, um ataque ao imperador, tão inconsequente, só poderia ter sido escrito por um homem que não tinha o que perder.

Machado para cortar

Uma árvore.

Todavia, ficam firmes e fortes

Se avanço contra o pescoço

Da mulher que é a dona

Da minha ira.

Certo dia vi que Gitão estava sorrindo e, então, minha língua tremeu como no poema[60]:

Ele parece um deus.

Mais que um deus talvez

Está sentado a tua frente

E ouve, atento,

Os teus doces sorrisos.

Enquanto eu, ai de mim,

Lésbia,

Agora que te vi

Minha língua amolece[61]

---

[60] Trata-se do poema 51 de Catulo.

[61] O poema de Catulo é uma versão do de Safo. *Glōssa eage*, que aparece no original, quer dizer, muito claramente, língua partida (quebrada em pedaços). Por isso, quando Catulo verteu a expressão por LINGUA SED TORPET, mudou-lhe o sentido. Vejamos: Safo percebe o rival. Todavia, combate-o por meio daquilo que faz melhor: versos. E transforma a queixa num elogio à amada. A língua frouxa de Catulo, por sua vez, empresta languidez ao texto, fazendo do que narra um pobre diabo: existe um rival na frente da amada e o narrador infeliz, incapaz de bater-se com o homem (que na versão de Catulo SUPERA os deuses), amolece e encolhe, como um pênis fracassado.

E o fogo corre pelos
Meus membros.
E os ouvidos tinem.
E a noite me cobre a vista.

Ele sorria porque era um viado, um mentiroso. Ou, talvez, estivessem enganando meu pobre menino. Ao fim, era um tolo.

Minhas mãos, que pareciam as dum velho, sujas e balançantes, queriam escrever. Mas, sem Andrônico, eu não tinha papel. Nada. Peguei uma pedra e risquei a parede da oficina[62]:

GITÃO É MINHA PUTA

Leandro, o legionário fujão, espiou-me pela janela e correu para me matar. Gritou-me impropérios. Apertei a pedra contra a mão e desejei matá-lo. Olhei seus braços fortes e torneados e, primeiro, joguei-lhe a pedra. Ele a desviou com a mão esquerda:

– Bicha de merda...! – gritou.

Então, preparei-me e corri contra ele. Eu queria matá-lo, porque não podia matar Andrônico, que, certamente, estava comendo meu Gitão. Todos os dias e todas as horas

---

[62] É a segunda vez que Encólpio risca GITÃO É MINHA PUTA numa parede, possessivo e louco como é.

estavam comendo o meu menino. Menos eu. Leandro o comia também. E a mulher de Andrônico fazia o mesmo.

Corri com todo o meu ânimo. Parecia um touro enfurecido. Ia me jogar contra o peito dele, chutando-o com força para que partisse a cabeça na parede.

Perto, muito perto, quando eu ia saltar, desisti e virei para outra direção. Segui correndo, porque vinha rápido, mas não podia enfrentá-lo. Não agora. Era preciso que eu voltasse mais forte ou o pegasse de forma traiçoeira, como fazem os homens cultos. Corri e corri. Ele desistiu de me seguir, porque eu era magro e veloz como o vento.

[**38.**] Era uma vez um anão[63] ao qual arrancaram a perna enquanto dormia[64]. Era jovem e forte e, por isso, escapou da morte. A mãe fez os curativos e o pai, uma perna de pau. Além disso, deu-lhe uma arma, o gládio mais bonito e afiado do mundo, para que pudesse encontrar o membro perdido.

Não havia ninguém nas ruas. Todos estavam escondidos temendo a sanha assassina do anão de voz grossa e poderosa.

Entretanto, se ele era pequeno, porque o temiam?

Porque os deuses estavam com ele. Deram-lhe um pênis tremendo e poderoso e uma força descomunal para

---

[63] Petrônio escreve *pumilus*.

[64] Pode-se dizer que este trecho enigmático é uma das histórias de Encólpio. Petrônio alude ao costume dos wariri, uma tribo africana, de roubar a perna dos anões enquanto dormem. Diz-se que a posse do membro dá sorte ao seu portador.

compensar o tamanho. Dizem que com um soco derrubava um prédio[65] de dois andares.

Um cortejo de sátiros, com os pênis eretos e suados, o acompanhava:

– Onde está minha perna? – gritava exasperado. – Em que lugar desta maldita cidade resolveram escondê-la?

Então, o anão e os sátiros depararam com outro cortejo. Dessa vez, era um grupo de carpideiras ou bruxas muito esquisitas que levavam dentro duma manta a perna do anão:

– O que estão fazendo com a minha perna?

Uma das mulheres, a mais velha, que carregava uma varinha seca e um galo belicoso, respondeu:

> Pergunto-me, ó Dis, pergunto-me!
> Em que lugar o mau espírito
> Deparou com a perna deste anão gentil?
> Vamos extrair as suas tripas
> E descobrir.

Então, ela soltou o animal violento, companheiro de Sócrates[66], e abraçou duas belas jovens que a acompanharam

---

[65] Na verdade, Petrônio escreve *insula*, que quer dizer *ilha*, nome costumeiro dos prédios romanos em que viviam os pobres num regime de aluguel. No andar de baixo ficavam as lojas ou tavernas. Nos de cima (às vezes quatro ou cinco), os quartos dos moradores. As janelas não tinham vidro e, portanto, as pessoas fechavam as aberturas com madeira ou algo equivalente para evitar a chuva e o frio.

[66] Referência ao fim de *Fédon*.

até a perna. A velha feiticeira empunhou uma faca, separou os seus músculos e descobriu um dente de criança no meio dos vasos de sangue:

– Precisamos enterrar a sua perna, bom anão. Precisamos enterrá-la. É urgente. Está morta por conta dum feitiço. Os homens que a tiraram de você vão morrer em breve. Você deve se vestir como uma viúva ou não será vingado[67].

---

[67] Estas histórias de Encólpio servem para entender que tipo de livro fazia sucesso na Roma Antiga. Os soldados devoravam estes contos absurdos, masturbando-se compulsivamente. O registro está em Horácio, que escreveu sobre soldados que numa mão tinham o livro e na outra o gládio/pênis. A história do anão, é uma pena, termina aqui. Não sabemos se por preguiça do copista ou de Petrônio. Sempre existe, porém, a possibilidade de que não tenhamos entendido a piada.

8. O MAR

[**39.**] Vendera todas as minhas coisas para ter algum dinheiro. A velha transava comigo com frequência em troca do quarto. Também ganhava algumas moedas, porque ela me dizia:

– Vá até a fonte e traga muitos baldes de água. O castelo está limpo[68].

Pelo menos, não morria de fome. Guardava as minhas moedas no meio da palha em que dormia. Todos os dias, porém, notava que a pilha do meu dinheiro não crescia. A velha estava me roubando.

Aquilo tinha que acabar, precisava de um lugar novo para viver. Felizmente, Massília tem muitos barcos e, num deles, descobri um velho que queria a minha ajuda. Ele carregava pessoas até Narbo[69], onde trabalhavam nos campos de alecrim[70]. Muita gente não estava feliz com o trabalho

---

[68] Essas fontes, comuns e espalhadas por toda a cidade, eram abastecidas por um *castellum aquae*, ou castelo de água.

[69] Cidade francesa que, à época, era famosa pelo mel do alecrim. Os romanos o apreciavam imensamente. Plínio escreveu que devemos as flores azuis da planta às ondas do mar batendo contra as rochas.

[70] Petrônio escreve *rosmarinus*, isto é, "orvalho do mar".

do velho, entre os quais Caio Druso, meu contendor, porque perdia escravos fugidos e trabalhadores.

Descobri, com amargor, que ele ainda vivia.

O velho contou-me que usava um pênis de madeira cheio dum óleo perfumado. Ainda que benevolente, desagradava às jovens, mas aos meninos alegrava bastante. As ranhuras da madeira, que retinham os perfumes, deixavam o cu dos pequenos repletos dum cheiro agradável. Além disso, Caio Druso desistira de forçá-los, pagando alguma coisa aos jovens-meninas[71].

Com todas essas histórias, lembrei de Gitão. O velho notou que eu estava abatido e deu-me vinho com mel:

– Ei! – eu lhe disse. – Seu esforço não me serve para nada: ainda que eu fosse, entre os homens, o mais ditoso do meu tempo, nascido na maior e mais esplêndida[72] das cidades do mundo, duma estirpe nobilíssima, amado por todas as pessoas, cheio de saúde, muito rico, e que tivesse obtido os cargos de senador e cônsul, fosse casado com uma mulher honesta[73] e um pai bastante feliz, iria conhecer a dor e

---

[71] Isto é quase um dos famosos epítetos homéricos, reforçando que, por toda a obra, Petrônio pagou tributos ao poeta cego.

[72] Petrônio escreve *fiorentissima*, que verti por "maior e mais esplêndida", porque o termo tem algo de mágico.

[73] Petrônio escreve *pudicam*. Não esqueçamos que, adiante, num dos dois livros que restaram, o autor defende que "não há mulher íntegra (*pudicam*) que não se entregue aos maiores excessos por alguma paixão". O amor, entre os romanos, era uma doença.

a melancolia[74], porque não tenho comigo os abraços quentes e os olhos de mel do meu menino.

– Mas o mel está no vinho – disse o velho. – Todo o resto não importa.

> O frio da noite,
> Ou o dissabor dum golpe;
> O desamor duma Cecília
> Ou o mimo interrompido;
> O oceano turbulento,
> Ou os peixes arredios;
> A ingratidão dos jovens,
> Ou o revés da velhice;
> Os tormentos da doença,
> Ou o temor da covardia;
> A vileza dos amigos,
> Ou o crime do vizinho;
> A sujeira dum sacerdote,
> Ou esguelha do rebento.
> O despudor dos políticos,
> Ou o terror dos javalis.[75]

Eu não queria um mestre, mas meu Gitão.

---

[74] Toda essa passagem é uma paródia ou plágio ou o que se queira, dum trecho de Quinto Metelo sobre um tal Valério.

[75] Este último verso, creio, refere-se à decepção dos que assistiam às lutas dos gladiadores contra as bestas selvagens. Parece que os animais, de vez em quando, portavam-se como covardes.

Os ensinamentos do velho Jucundo[76], um filósofo do mar, que espalhava suas palavras como as redes dum pescador, eram tortuosos, porque o meu espírito, carregado de vingança, queimava como a fogueira de dois amigos[77]. Pode um vaso cheio d'água encher-se de vinho com mel sem que entornemos a água?

Alguns homens decidiram desde há muito que a alma é como um barril cheio de água. A luz que o ilumina são as opiniões. Se a água está revolta, a luz parece revolta. Assim, Jucundo, depois dum peido pestilento, percebeu que meu coração estava escuro e, portanto, que as suas palavras não poderiam acalmar a luz das minhas opiniões[78].

Um tanque, um barril de ódio.

[**40.**] Não podia partir com Jucundo sem pegar minhas moedas na casa da velha. Combinamos a viagem para a manhã do dia seguinte. Eu estava bêbado, por causa do vinho e do

---

[76] Pela primeira vez aparece o nome do barqueiro. Inclino-me a crer que Petrônio, de fato, escreveu o texto largo do *Satíricon*, pouco antes de morrer, porque não dá atenção a descontinuidades ou defeitos de narração. Temos, no entanto, de considerar, sempre, que os romanos eram diferentes de nós, e as suas narrativas não precisam ser, por exemplo, romances balzaquianos.

[77] Essa expressão quer dizer, talvez, que dois amigos assam carne juntos. Ou tem a ver com sentimentos homossexuais.

[78] É uma referência a Epiteto, um filósofo estoico. Lembrar que, adversário de Sêneca, Petrônio empreendeu, no *Satíricon*, um ataque divertido à doutrina do estoicismo.

mel que, ao fim e ao cabo, distraíram minha dor. Entrei no quarto e revirei a palha. Encontrei as moedas e disse à velha:

– Vou-me embora pela manhã.

– Tudo bem.

Amarrei meu dinheiro na cintura e dormi profundamente.

Acordei quando senti a ponta duma faca suja me encostando a base do pênis:

– Mas o que é isso?

– Nosso acordo. Você dormiu aqui em troca do seu pênis.

– Eu achei que era para comer você.

– Não. Eu quero o seu pinto. Um sacerdote de Dis prometeu-me a riqueza se o levasse para ele.

Eu bati na velha e tomei-lhe a faca. Já não tinha o gládio, que vendera há um bom tempo. Sentia dor, mas o ferimento pareceu pequeno. Bati-lhe outra vez e a matei com duas facadas na garganta. O sangue espirrou do seu pescoço, sujou a minha roupa e corri até o seu quarto para revirar a cama. Encontrei minhas moedas e muitas outras. A velha alugava uns três ou quatro quartos, e roubava de todo mundo. Enchi minha sacola com o dinheiro e guardei a faca. Peguei a comida que encontrei e a enrolei na roupa da velha. Depois, corri até o porto para acordar Jucundo. O estoico dormia no barco, como fazem todos os estoicos.

Acordei-o com levíssimas cutucadas e o velho se assustou.

– Precisamos partir.

– Não. As pessoas não chegaram ainda.

– Temos que partir.

– Não. As pessoas não chegaram ainda.
– Então, vou pescar.
– Retorne ao amanhecer. Vou seguir dormindo.

Parti para o mar e lancei as redes. De nada adiantou. Não pesquei um peixe sequer, mas ao menos estava tranquilo, não temia que descobrissem meu assassinato.

Não havia luz e senti que estava perdido. Acordei o velho e pedi ajuda.

Ele me disse algumas coisas terríveis e bateu-me no ombro com um dos remos. Caí num canto do barco e, depois, avancei com a faca. Cortei sua barriga e o joguei na água. Gemeu e pediu ajuda, mas se afogou rapidamente. Divisei a praia e retornei com o barco.

[41.] Amanheceu e três pessoas apareceram:
– Vamos até Narbo.
– Eu sei.
– Mas e Jucundo?
– Está doente.
– Me deem o dinheiro e vou levá-los.

Talvez me achassem um safado, mas apagaram as lâmpadas de cerâmica e subiram a bordo. Dois deles eram homens feios e pareciam sofridos. A mulher, que trazia um penico de prata, tinha os cabelos como a lã das ovelhas.

Jamais navegara.

Do mar, eu conhecia apenas os amantes da minha mãe. Marinheiros que iam e vinham. Tanto que, quando me arrisquei a pescar quase pus tudo a perder. Havia um leme, no entanto e, além disso, dois remos[79]. Ordenei que os homens remassem, enquanto conduzia o barco. Essa parte parecia fácil.

— Há vinho e mel! — disse a mulher. — Podemos beber?
— O quanto quiserem. Vão me pagar com o penico?
— Sim.
— De quem era?
— Publílio[80].

[42.] Eu firmei o leme com o joelho e falei com a mulher:
— Você é muito bonita.
Ela sorriu e um dos homens me disse:
— É minha.
— Acho bom vocês remarem, ou nunca chegaremos a Narbo.

---

[79] O barco de Encólpio é, quase certo, este (detalhe duma imagem do livro de PITTAWAY, John & TAYLOR, Boswell. *Picture Referece Book Of The Ancient Romans*. Leicester: Brockhampton Press, 1970):

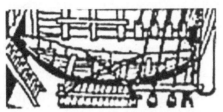

É como que um bote. Se cabem quatro pessoas (uma quinta, se o herói não tivesse matado o velho estoico)? É provável.

[80] O tal Publílio não sabemos quem é.

Eles deram tudo de si. Acho que queriam fugir de algo. O mais jovem, do nada, começou a narrar a própria sorte:

– Eu era rico na Judeia, mas meu pai perdeu tudo e me tornei um escravo. Eu não deveria estar aqui com vocês, porque estão sujos. A fortuna do meu pai era de um milhão de sestércios. Dois romanos o roubaram. Venderam minhas irmãs e meus irmãos e, ó Senhor!, não há justiça sobre a terra. O meu coração, que outrora era um favo de mel, não passa dum ninho de vespas.

– Então, por que vai a Narbo? Por que não volta para a sua terra?

– Primeiro vou ficar rico.

– Que seja a vontade de Dis.

[43.] Eu não queria ir a Narbo, mas era meu dever. Eu fora contratado para tanto. Também não sabia ir a Narbo, logo, escolhi seguir o caminho da costa:

– Não devíamos ir mar adentro e aproveitar alguma corrente?

– Ora, você fala como se eu não soubesse o que estou fazendo. Isto é uma ofensa.

Passamos por alguns portos pequenos e, com o sol a pino, tão alto quanto o templo de Júpiter em minha terra, vimos Narbo ao longe. Estávamos perto, quando o barco encalhou:

– Foram os demônios da sua cabeça. Sabemos que não é um navegante! – disse o mais velho.

– Desça ou vou matá-lo. Desçam todos ou vou matá-los.

Instantes depois, um dos homens ameaçou saltar sobre mim. Apontei-lhe a faca e ele recuou:

– Mas é muito para nadar.

– Desçam, livrem o meu barco e retornem. Eu sei o caminho.

Os dois homens desceram. De repente, ergueram-se do mar, com os ombros repletos de algas e um cheiro forte e nauseabundo:

– De que servem estas merdas? – perguntei. – A natureza não sabe o que faz[81].

Eu disse à mulher:

– Bata com o remo no mais jovem.

– Não.

– É isto ou vou matá-la. Sou um homem rico.

Pareceu-me satisfeita e, assim, atacou um deles. Eu firmara outra vez o leme com os joelhos e, com a faca, furei o olho do homem mais forte. Soltei o leme e peguei o outro remo. Então, eu disse:

– Voltemos a Massília. Eu sei o que fazer.

Ela me ajudou a remar, a despeito dos protestos e gritos dos outros homens. Um deles, o dos olhos furados, vi afogando-se rapidamente. O outro, mesmo que ferido, nadou na direção de Narbo. Ignoro se chegou ao seu destino.

Seu nome era Cecília.

---

[81] Mais um dos ataques de Petrônio à doutrina estoica que postulava a perfeição da natureza.

[44.] Era engraçado ficar observando enquanto ela dormia sob o sol ardido. Logo, chegamos a Massília. O calor estava terrível e ficamos meio distantes da costa, mas a corrente levou-nos de volta às areias do porto, que estava cheio. Havia muitas pessoas e pescadores. Cecília e eu fomos até um beco. Dei-lhe um pedaço de pão e comi o meu.

Estávamos deitados, quase que seguros, porque escondidos à sombra duma velha carroça, quando senti que ela estava me masturbando. Meu pau estava morto, exausto da viagem:

– Não sei se vai adiantar, Cecília. Não hoje.

– Não seja tolo.

Ao fim, ela tinha razão, porque ele ficou duro e parecia com o gládio, meu primeiro gládio, o qual vendera para juntar algum dinheiro. Eu devia comprá-lo de volta. Esperei até gozar e levantei.

– Aonde você vai? – ela perguntou.

– A faca é coisa do criminoso. Eu preciso do meu gládio.

– Mas e eu?

– Faça o que quiser. E me dê o penico de prata.

– Não. Você não me ama?

– Eu amo Gitão. Me dê o penico de prata.

– Não. É meu.

– Vou matá-la se não me der o penico de prata.

– Está bem.

Cecília pegou uma pedra e escreveu alguma coisa na parede. Virei-lhe as costas e corri para buscar o meu gládio que vendera a um tal Menandro.

[45.] A casa de Menandro não era longe. Branca e cheia de sol.

Estava malvestido e resolvi comprar uma túnica. No mercado, de repente, ouvi:

– É a bicha do Encólpio!

Virei-me assustado, com a mão na faca cheia de ferrugem.

Agarraram-me, porém, e não pude fazer nada. Eram os homens de Caio Druso. Levaram-me para vê-lo na loja em que mordi seu pinto.

Entre as artes do mundo, a que mais respeito é a fisiognomonia, que inventou Aristóteles[82]; por isso, reparei as feições do meu odiado e vi que era um violento. Os traços pareciam com os da leoa que perdeu o filhote ou os do cavalo reprodutor. Era um colérico, o Aquiles raivoso que perdera um amigo leal. As feições de Caio Druso, para ser correto, eram as dum leão; se o víamos contra o sol, que entrava pela janela, o nariz e o queixo pareciam com dois felinos.

Aristóteles servira para me encher o peito de terror, porque o meu destino era o dos violentos.

[46.] A loja de mantos estava do mesmo jeito que a deixei.

Não pude ocupar-me em aplicar a ciência de Aristóteles aos escravos de Caio Druso. Eu não tinha mais tempo.

Apanhei vergonhosamente por um bom tempo. Os homens me batiam com tiras de couro e Caio Druso me dizia impropérios e acusava-me de coisas terríveis:

---

[82] As afirmações de Petrônio baseiam-se, sobretudo, nos tratados que conhecemos como os Pseudo-Aristóteles.

– Desta vez, Encólpio, você não vai escapar.

– Não pretendo, senhor.

– Como é?

– Eu conheço o meu lugar.

– E qual é?

– Junto dos teus escravos.

– E por que fugiu da outra vez? Por que mordeu meu pênis?

– Os homens estão propícios à estupidez, meu senhor. Nos tempos em que estive fora, eduquei-me profundamente na filosofia dos homens corretos. Aprendi a me lavar todos os dias. E, além disso, a vestir-me de acordo. O sábio, meu senhor, não tem lágrimas nem para os mortos nem para os vivos e, portanto, não pode haver comoção. Assim, suportei os golpes com a tira de couro e hei de aceitar todos os seus castigos. Além disso, senhor, submeto-me às tuas vontades. Livrei-me do jovem que aturdia os pensamentos, que, qual um Pátroclo, enlouquecia Aquiles...

[47.] Mal terminei o discurso e Caio Druso mostrou-me o pênis de madeira:

– Que pinto belo, meu senhor, sempre viril. E o que dizer do perfume? Por Afrodite... Estou excitado feito um touro jovem. Como desde há muito não me sinto.

As feições de Caio Druso eram violentas. Então, não queria ouvir as minhas súplicas ou os meus remordimentos. Por fim, ele falou:

— Sou um homem triste. Tenho que forçar os meninos ou pagar às meninas. Ou ao contrário. Não recordo. As pessoas têm asco do meu pinto de madeira.

— Porque são perniciosas, meu senhor. E tolas. Que jovem, nesta terra, despreza a eterna virilidade? São mentirosos e astutos. Querem apenas o seu dinheiro.

— Mas e você?

— Eu quero o senhor...

E me arrastei até o pênis de madeira. Ele me agarrou nos cabelos compridos e disse:

— Saiam. Todos. Eu quero meu jovem para mim.

E os escravos obedeceram.

Primeiro, chupei por alguns minutos o pênis de madeira. O gosto era horrível, porque o bálsamo amargou minha boca. Entretanto, fingi-me feliz e satisfeito. Caio Druso, por fim, disse:

— Você precisa retirá-lo. Porque a carne que sobrou é que me dá prazer.

[48.] Retirei o pinto de mentira e senti vontade de vomitar. O estrago que eu fizera fora grande. Não havia mais cabeça, apenas um talo de carne dura. As feições de Caio Druso eram como as dum porco. Parecia, de fato, o suíno lançado na imundície. Reconheci, então, o apetite do homem velho pelo mais jovem e, por fim, a languidez. Ele deitou numa pilha de mantas e ordenou que lambesse o que restara do seu pinto. Fi-lo com asco e, quando percebi o abatimento dos seus membros, enterrei o pênis de madeira em sua boca com muita força. Ele o engoliu e vomitou. Tentou me forçar os braços, mas eu era jovem e forte. Pouco depois, Caio Druso se afogou no próprio vômito.

Eu estava livre.

Peguei todas as minhas coisas que os escravos tinham amontado num canto e troquei a manta que cobria o corpo. Além disso, encontrei uma capa muito bonita e saí à rua, pela porta dos fundos, feito um jovem de bem[83].

[49.] Tinha pouco para fazer. Eu esperava por Gitão. Cerquei a casa de Andrônico e o via, de quando em vez, no colo do livreiro. Não podia atacar, mas tinha de preparar a nossa fuga. Corri até o barco de Jucundo e, felizmente, não o tinham roubado. Porque ladrões existem por toda a parte, mesmo debaixo das nossas túnicas ou escondidos em nossos cabelos.

Paguei um jovem para vigiar o barco.

Voltei à casa de Andrônico e rabisquei no seu muro:

QUERIA QUE FOSSES O ANEL EM MEU DEDO[84]

---

[83] Este jovem de bem é um patrício, um nobre. Não tem a ver, necessariamente, com virtuosismo, mas com posição social.

[84] A inscrição de Encólpio é popularíssima por toda Roma. Todavia, as que estão preservadas são invertidas: "Queria ser o anel em teu dedo". É importante destacar a grafomania do protagonista, que, além de escritor, não perde a oportunidade de escrever pelos muros que encontra.

O jovem a quem paguei era um bêbado incorrigível. Quando cheguei ao barco, estava cheio dos familiares do velho Jucundo, a mulher, a sogra e os filhos, que o procuravam chorosos. O jovem havia fugido, mas deixara uma garrafa quebrada.

Perguntaram-me o que havia acontecido e expliquei que presenciara a briga do filósofo com o jovem bêbado. Elas ficaram assustadas e pegaram pedras e paus para matá-lo. Eram pessoas rixosas, como somos todos. Eu não sabia onde estava Fábio[85], mas elas o conheciam.

Havia pouquíssimo tempo para eu fazer alguma coisa. Paguei dois jovens e fortes escravos e prometi que os levaria para Narbo, com a condição de que me ajudassem a livrar o pobre Gitão. Eles acordaram comigo e partimos violentos e arrebatados.

No caminho, chutamos dois anões magrelos e famintos que transavam numa viela. O pinto do anão era grande, um tordo bonito e augusto; a mulher tinha as tetas brancas, parecendo com taças de leite. Estava grávida. Eram risíveis. Pareciam com um mimo:

– Me deixem em paz – disse o anão.

– Quero que corte as minhas unhas com os teus dentes... – ordenou-lhe um dos meus escravos.

Então, exasperado e ansioso, eu disse:

– Não temos tempo. Vamos.

---

[85] O jovem bêbado.

Um dos meus homens, o escravo mais jovem, tinha o nariz empinado e caminhava com os olhos no alto, como se fosse um homem livre. Quer dizer, àquela altura já era, mas eu esperava que terminasse o serviço pelo qual lhe paguei. O outro tinha uma bunda enorme e atraente, como a daqueles que amam a caça; é o caso dos leões e dos cães[86].

[50.] As bundas enormes me atraem. Desde sempre. Meu menino tinha uma bunda grande como a dum babuíno. Meus homens e eu íamos armados com paus e pedras. Chegamos à casa de Andrônico e um dos meus escravos matou a pauladas o homem que estava à porta. Eram golpes certos e valentes. Era um homem sedento, com os rasgos da crueldade: o rosto contraído pela ira, a pele ressequida, rugosa e apertada, e os cabelos lisos e escuros[87]. O outro, um celerado rancoroso e gritador, atirou uma pedra na cabeça duma criança e a matou. Corri para dentro, com minha lança de madeira, certo de que só me bastariam a matança e o sangue[88]. De repente, pobre de mim,

---

[86] Isto é quase uma citação do tratado *Fisiognomonia*, atribuído erroneamente a Aristóteles. Reforço: não acho que Petrônio escrevia cercado de livros ou preocupações, mas era um homem culto e as citações vinham à sua memória.

[87] Outra citação do tratado espúrio.

[88] Citação de Homero. É a resposta de Aquiles aos embaixadores de Agamenon.

apareceu-me Leandro. Eu não chegaria à soleira do quarto de Andrônico sem matá-lo. Por fim, apontei-lhe a lança e ele avançou. Acabei recuando pelo temor da morte. O sangue que eu desejava não era o meu. Enquanto caminhava de costas, bati num dos meus homens e o empurrei contra Leandro. Ele o agarrou pelo pescoço e quando o quebrou, aproveitei a sua distração e enfiei a lança em sua pele de leão. Eu queria esfolá-lo, cortá-lo em pedaços e comer a sua carne crua[89]. É o que fazem os homens valentes. Perdi um dos meus soldados, enquanto o outro seguia correndo pela casa, desta vez, fugindo de dois escravos. Meu colega facínora e malfeitor, o que matara a criança à entrada, parecia um covarde, enquanto gritava ao fundo e pedia por ajuda. Entrei no quarto de Andrônico e matei-o com a lança. A mulher abraçou-me os joelhos e beijou minha mão homicida e poderosa, aterradora e assombrosa, suja do sangue do seu marido[90], e pediu pela própria vida. Mas eu a matei com uma faca que havia no quarto. Gitão, meu menino, que vestiam com a graça duma jovem criança, correu e abraçou-me como se eu o tivesse livrado dum suplício tremendo:

– Ai, irmãozinho! Ai! Que bom que você veio...!

---

[89] Mais uma citação de Homero. É a resposta violenta de Aquiles a Heitor.

[90] Outra citação de Homero. Refere-se ao momento em que Príamo pede a Aquiles pelo corpo do filho.

[51.] Tomei-o pela mão e, depois de beijá-lo, perguntei em que lugar Andrônico guardava o dinheiro. Ele me apontou uma caixa. Abri-a e peguei todos os sestércios que pude, enchendo a minha bolsa. Então, fugimos da casa, seguidos pelo filho lobisomem de Andrônico. Éramos mais rápidos, como a enxurrada que despeja restos e os demônios pelas ruas da cidade. Éramos movidos pelo amor, enquanto o lobisomem, pela cólera. Por isso, íamos vencer. E vencemos, de fato. Porém, ao dobrar uma esquina, batemos em Lúcio, o médico que atorou os membros de Júlia.

[52.] Ficamos assustados, mas logo percebemos que estava sem os dois braços e nada pôde contra nós. O velho Caio Décimo começara a sua vingança, extirpando os membros do homem. Dei-lhe um soco e Lúcio caiu. Ele pediu ajuda e Gitão esfolou o seu pênis com as sandálias. Perto estava o homem grego, seu ajudante, sem as pernas, arrastando-se para nos pegar. Fomos embora e os deixamos para trás. Corremos para o porto, porque Massília já não era um lugar seguro. Nunca fora, para dizer a verdade, mas agora estava pior, porque as pessoas pediriam o meu sangue.

[53.] Gitão e eu subimos no barco de Jucundo.
Tudo parecia bem, mas ao fundo ouvimos gritos. Eram os seus familiares. Estavam com Fábio, que decerto lhes falara a verdade. Todos vinham para me matar. E meu escravo,

o sicário, o perverso, queria seu lugar no bote. Comecei a remar como pude, com todas as forças, e pedi a Netuno que me desse alguma ajuda. [54.] Gitão e seus braços delicados e finos também remavam, mas ele ajudava pouco. Foi quando uma lufada de vento, vinda sabe-se lá de que lugar, dos pulmões de algum deus, é provável, encheu a vela do meu pequeno barco e fomos lançados ao mar, sob uma chuva de pedras e paus.

[55.] As pessoas não podiam mais nos alcançar. Percebi que buscavam um barco, mas todos tinham donos mesquinhos e sujos. Então, seguimos nossa viagem, não para Narbo, mas para o leste, para Roma, a cidade que, qual um gigante branco, eu ouvia me chamar.

Este livro foi composto com a tipologia
Minion Pro e impresso em papel
Pólen Bold 90g/m² em junho de 2021.